KB091999

아프게
지나간 것들은
다 그리워진다

이기영 제2시집

시음사
시사랑음악사랑

시인의 말

수 많은 실타래 중에서
맞잡은 실
서로 끝을 잡아 팽팽하게 당겨지면
인연이라 합니다

엉켜있는 실꾸러미를
스쳐갔던 사람들과
풀고 풀릴때
놓고 놓아야 할때 손바닥 자국을
그런 실 자국들 남기고 싶습니다

시인 이기영

목차

목차

목차

목차

설렘

풀숲에 핀 꽃이
강변까지 가려면
몇 번이나 지고 피어야 할까

막 봉오리 펼친 수선화는 그렇게 할 거야
강물에 제 얼굴 비춰보려

잡다한 풀꽃을 스친 바람이
네가 가장 아름답다 할 때
처음으로 가슴 뛰었거든

사랑에 대한 선물

누군가 사랑한다면 꽃 한 송이 꺾어줘라
들판에서 피어도 좋다
향이 세련되지 않아도 좋다

얼마나 사랑하는지
알려 주고 싶다면
한 송이만 손수건 싸서 줘라

꺾을 때 아픈 것을 주고 싶지 않아서
고백해라

꽃에 대한 전설도 들려줘라
피기까지 어떤 사연 있었는지
너는 피면서
얼마나 슬프게 하였는지

눈을 바라보며 다음 말도 꼭 해라
"피우고자 할 때 피운 너를 사랑한다"

이별하는 사람들

이따금 날리는 꽃잎들이
비 올 때 확 떨어지는 것은
이별을 눈물과 해야 쉽다는 것을
알아서일까

햇살에 속을 말리는 것도
쉽게 날려
흔적마저 빨리 잊고 싶어서일까

건널목에서 기차가 지나가고
아지랑이 가물거리는 기찻길을
건너는 사람들

옷깃 스쳐
돌아보면
꽃잎들은 한풀한풀
아직도 떨어지고 있었다

그리움

흘린 눈물의 무게만큼
시간도 젖을까

돌아 보면
아직도 배여나는 물기

감꽃

네가 꽃이라기에 꽃인지 알았지
비 그친 뒤
장독대 떨어진 꽃을 줍던 너에게
달짝지근한 풋내가 풍겼을 때
먹을 수 있는 꽃이란 걸 알았지

맛이 싫어 내뱉자
입을 삐죽 내민 네가 꽃이란 걸

명주실 꿴 꽃목걸이를 목에 걸어달라
지긋이 눈감던 네가
바깥 담 걸쳐 가지에 매달린
한 잎 노란 꽃이란 걸

꽃 그대로 파란 열매를 깨물었을 때
오래 마르듯 떫은맛 마저
너는 꽃이었어

반달 타고 떠가요

호수에 반달 비치면 같이 타고 가요
수평선 걸친 은하수 따라
떠내려가요

섬 봉우리 걸친 뭉게뭉게
구름 뜯어 이불 삼아 팔베개하고
파도 소리 자장가 삼아 잠들면
귓가에 사랑해 속삭여줄게요

볕 부드러운 아침
긴 여행 탓에
늦잠자는 당신 긴 머릿결 어루만지다

깨어나면 눈동자에 담겨있을 별 밤
꿈속에서
같이 있어 행복했다는 고백 듣고 싶어요

밤에 기대 잠들 때
내 안의 호수에 반달 비칠 거예요
손잡고 같이 떠가요

꽃비

꽃 떨어질 때 오셔도 돼요
나비를 닮아 갈 곳 향한 수많은 날갯짓 속에

같이 지는 걸 알면서
꽃이고픈 까닭은
손 흔들 때
다시 만남을 기대하니까요
돌아보며 올 거라 약속하니까요

외로움 향한 여행은 애초부터 없었어요
파릇한 잎새를 낳고
다른 곳에서 또 꽃으로 필 것을 믿으니까요.

꽃도 비 될 때만은
가슴 젖어도
보고 싶음은 슬픔만 아니란 걸
꽃 떨어질 때 떠나도 돼요

여인을 사랑했다

별을 사랑한다 했을 때
별까지 사랑해주는 여인

밤 별 환한 밤 별빛으로 배 엮어
밤하늘을 여행하는 남자

떠난 사람과 떠나는 사람 보면서
떠남을 모른다는 건 얼마나 슬픈 것인지
알지 못한 채 별 바라기 된 남자

끝끝내 별을 만들고 잠든 남자를
무릎팍에 뉘어놓고
깰 때까지 눈동자 별을 머금는 여인

아침 햇살 비추자
별을 눈물로 떨구는 여인
깼을 때 흔적이 별 같은 여인을 사랑했다.

그대가 좋다

그대에게 들꽃향 난다

그대 손에 들꽃이 들려있고
머릿결에 들꽃이 꼽혀있다
그대가 들꽃이다

내 안에서 들꽃이 핀다
이유 없이 핀다

그대가 좋다
이유 없이 좋다

한결같은 당신

달빛은
바람에 흔들리지 않아요
아무리 차가워도 얼지 않아요
비추기만 하지요

당신도 그리 해주면 안될까요.
어찌 차갑기만 하고
흔들리기만 하나요

곁에서
존재만으로 위안이 될 것 같은 당신인데

소쩍새 울 때

밤새 숲에서 울었다는 새가 있었지
할머니 들려주던 소쩍새 이야기
사실이라 믿어 어린 가슴은
잠들 때까지 울었다

진달래 불붙던 산자락
순이가 해주던 입맞춤
파리한 입술에 미소가 걸려있었다

샘물 비쳐 머릿결 단장하던 이웃집 누이가
시집갔다 돌아와
밤늦게 내던 울음소리까지 같다는걸

아프게 지나간 것들은
다 그리워진다

나팔꽃 필 때

이웃집 형은
입은 벌려진 채 웃음이 떨어지지 않아
꼬마들이 놀려도 우습나 봐
작대기로 건들면 더 우습나 봐
하늘향해 웃음만 띄우니까

꼽아놓은 대나무
감아 도는 줄기 끝에 맺히는 봉오리
보는 것만 세상 전부로 아는 세 살에서
눈물도 검을 수 있다는 걸 알면서

기대면 기대는 대로
낮으면 낮은 곳에서 마냥 웃기만 하니까

별들과의 이별

언제부터 인지
밤하늘의 별들이 드문드문 보인다
약하듯 별들은
어둠 속에서 푸르게 묻혀있었다

대기 오염 탓이라 하고
혹자는 인공 빛을 지적하지만
나는 보이는 사랑을 하다
쉽게 돌아서는 세태를 탓한다

다른 만남에 익숙해진 사람들
가슴에 피멍이 들 정도의 그리움을
결코 이해 못 하는 사람들

눈물을 손수건에 적셔
밤새워 닦아야 하는 것을
쉽게 잊는 것을 미덕이 될 때부터
별들은 무너지고 있었다.

인연

꽃잎 날리는 거리를 걷다
손등에 앉은 꽃이파리
떨구려다
떨구려다

내 안에 들어왔던 단 한 사람인 양
지갑 속에 간직한다

꽃길 계속 만들리다

꽃 꺾어 뿌린 꽃길 끝난다면
그대 향한 내 뜻이라 단정 말아요
꽃 다해 뿌리지 못한 것일 뿐
마른 꽃 이파리 바람따라 길 생겨도
어찌 같겠소

다분히 믿지 못하실까
발에 가시 찔린 채 걸으면
드문드문 핏물
꽃이라 믿으시고 따라 오려나요

피 다하도록 다음 계절을 잇는다면
새 꽃 다시 뿌리리다
밟으실 때 꽃자국
내 안으로 향하면 어찌 아프다 하겠소

내 싫어도 잡지 않지요
꽃 다한 것을 정성까지 부족하다 할까
걱정이지요

낙엽

떨어지는 나뭇잎 하나하나
세상 모든 것과 이별하고 있다

작은 몸으로 가을을 담으려니
얼마나 무거우랴
작은 몸으로 가을을 칠하려
얼마나 힘든 붓질했으랴
작은 몸으로 가을과 함께 가려
얼마나 분주했으랴

발밑에서 부서지는 잎들도
작은 몸으로 소리를 마르게 내고 있었다

바람꽃

겨우내 바람과 흔들리던 별들이
들녘에 떨어져
꽃으로 피어났다면 너였을까

볕에 드러난 서툰 화장
어색한 눈웃음
키 작아 끌리던 하얀 드레스

자신의 밤을 만들고
반짝이게 했던 바람을
미움으로 기억하다
오지 않을 사람 위한 기도

바람의 이름으로 피어
다시 흔들려야 하는 너였을 거야

시인의 짝사랑

사랑한다 하지 말고
누군가를 위해 시를 썼다 하자

어떤 내용인지 낭송은 말자
몹시 가슴만 아팠다 하자

바라만 보았던
몇 배의 시간 흘러도 잊히지 않는다면
그때 시를 읽어주자

너를 위해 썼다 밝히는 것보다
어떤 사람 때문에 시인이 되었다 고백하자

누구였는지
끝내 누구였는지
파문마저 아름다운 시기였다고
담담하게 들려주자

앵두꽃 사랑

화단에 앵두꽃 피면
꼭 지는 꽃잎을 알았어도
설레는 마음까지 지지 않았던 건

꽃과 어울리던 까만 교복
덩달아 앵두나무 같았거든

열매 익기 기다려 한 움큼 따주자
톡톡 터지는 물기
새하얀 카라 한줄기 붉은 자국
움푹진 보조개 담기는 노을빛 그늘

입맞춤과 풍기던 새콤한 내
시간의 나즈막한 턱에 앉아
꽃을 꺾고 있던 희고 긴 손가락

허리 굽어 축축 늘어진 가지
그림자까지 진해도
꽃은 피었고 열매는 여전히 붉겠지

갈등

떠나거나
떠나갔거나
벌려놓은 시간만큼 흐려지는 기억에도
무심코 누르는 전화번호

바뀌지 않는 컬러링
귀에 익은 목소리
끊자마자
전화는 걸려오고
받을까 망설이다 끊기는 벨 소리
그리워지기 위한 끝에서

情이란

끼고 있던 반지를 뺀 뒤에도
오랫동안 손가락에 남아있는
자국 같은 것이겠지요

냉이꽃

흙 움켜 낮은 잎에서 내밀었어요
활짝 펼쳐도
향 서툴게 풍기지요
아름답다 하는 것도 사치랍니다

밭으로 가는 여자아이
실밥 터진 옷소매
햇살 비집자 팔목 까만 때

방문 열 때 핼쑥한 얼굴
마른 젖 빨다
헤 웃던 아이에게 막 보이는 하얀니

작은 이마 땀방울 송글송글
호밋자루 뚝뚝 떨굴 때
밭두렁에서 피었답니다

누이

병아리 쫓다 넘어진 동생
아야 아야
업고 재우다

산자락 기찻길 개나리꽃 무리
기차 따라갈 듯 휘어지고
조그마한 가슴에 울리는 기적소리

꽃가지 꺾어 귓가 꼽아 스친 꽃 내
서울 간 이웃집 언니에게
아슴아슴 풍기던 향수 같아

내도 꽃이어라
봄바람 향 풍겨 불면
꽃 노랗게 질 때 같이 날려 갈까

갈등하는 순정
단발머리 누이

호숫가에서

당신은 호수였나요
제가 싫으면 물안개로 가리고
굳은 표정으로 가실 것이지
호숫물에 눈물을 떨어뜨렸나요

동심원은
발끝에 닿는 미련인 듯
뒤돌아보면

고개 숙인 갈대
떠 있는 낙엽
떨리는 가로등 불빛
속을 가늠할 수 없이
호수를 비추는 눈동자

내 안을 채워가는 당신은
호수였나요.

그리움

밤하늘 별은
떨어진 거리만큼
과거에서 빛난다 한다

네가 내 안의 별이 된 것도
거리를 두었다는 것

희미하듯
더 희미하듯
시간과 흘러 멈추지 않는다

별똥별 떨어진다
배달되는 옛 엽서 한 장

너의 이름 뒤에

너의 이름 뒤에
꽃 이름을 붙이는 것은
내 안에 들꽃으로 피우려고

산과 들판에 피어난
수많은 꽃을 보면
너를 수만 번 부를 수 있잖아

들꽃 당신

당신 곁에 가면 풀 내가 풍겼지요
풀진 졌던 삼베치마 탓인가 봐요
감자밭 김매던 손
풀 긁힌 상처 탓인가 봐요

늦은 봄 햇살
땀 맺힌 이마 옷고름으로 닦으며
돌아서면 잡초라
혀를 차셨어도
풀꽃만은 가만히 들러다보던 당신

광주리이고 밭두렁 걸어가다
풀잎 이슬 치마 밑단 얼룩진 채
한 송이 들꽃이였던 당신

언덕 위 초가집 앞뜰에 피었나요
아직도 풀 내가 풍기네요

풀잎 편지

뒤뜰 듬성듬성 풀 뽑으려다
참 질긴 풀끈
너의 이름이 그런 걸까

가만히 부르면
산들바람 흔들려
대신 기침 소리만 내는 풀잎

풀 엮은 모자 단발머리 씌워주면
해 맑게 웃어 보여도
입술마저 푸르러
저만치 서서
흰 셔츠 유난히 붉게 치워내던 꽃 이파리

눈물방울 풀빛 어릴 때
풀잎 넣은 편지 띄울까
그리움마저 푸르른 그해 하늘 높이

사랑도 꽃이 되는 순간

사랑도 꽃이 되면
꽃잎마다 칼날을 가지는지

뜨락에 피웠던 꽃송이
한닢한닢 떨어질 때
살갗을 베이는 것 같다

떨어질 때
바람과 함께하면 되는 것을
기어코 남기는 피의 모양들

아픔은 느끼는 것 아니라
만든다는 걸 알았다면
피우지
피우지 않았을 것을

그리워 한다는 것

비 내리는 바닷가 커피숍
커피 향이 그리운 건

한잔의 커피보다
실내에 흐르던 옛 샹송

어둠을 사이에 두었던 유리창
희끗희끗 드러나는 파도와
파도 소리와 섞여 들리던 빗소리일 것이다

비어가는 커피잔
회상하는 것도 비워간다는 것
추억도 바래면 쉽게 부서진다지
사랑했다는 기억 또한 부서져도
파편으로 소중하다

벽에 시 한 편 걸려있다
무명시인의 글에서도 커피 향 풍긴다

누이야

밭 감자꽃 희끗 피면
꽃 솎아내던 누이 손길

감자 실해지라 꺾는 걸 꽃이야
웃음 띠며 땀 훔칠 때
언뜻 붉어지던 목덜미

고무신에 꽃 이파리 담다
의아하여 동그래졌던 눈

지나면서 툭툭 꽃 버리는 건
언덕 너머 살짝 봄내 바람
가슴 언저리 밀려드는
뜻 모를 보고픔일거야

치맛자락 털어내고 앞설 때
물씬 풍기던 흙내
보따리 이고 아지랑이 아물아물 엄마
엄마

봄 오는 풍경

산자락 얼음새꽃
남쪽 하늘 뭉게구름 한 움큼씩 뜯어
치마 풍성하듯 차려입은 꼬마 아씨

얼었던 흙
치맛자락 폭 감싸 노랑 꽃망울 틔워놓고
옅은 향
들녘으로 퍼지자
밭두렁 냉이 파릇파릇 싹 내밀고
바빠진 어린 손

늘어진 옷 소매 목덜미
차운 바랑 틈 디밀어도
버짐 핀 얼굴마다 생기 가득

꼬마 아씨 손짓에 달려오는
봄 탓에

떠나는 시기

창틀에 하얀 풀씨
창 여는 바람에도 날아갈 준비한다
가벼워서 아니라
떠남 자체가 익숙해서라면

거리에 많은 사람들로 붐빈다
옷깃 스치기도
눈도 마주치지만
가슴에 채우거나
가슴을 채워주지 않아 서로 가벼워지는 사람들

어떤 시기부터
떠나는 것까지 닮아간다

받아주는 마음

눈물이 입술을 적셨을 때
짠맛을 느꼈다

사람들이
가슴에 멍이 들 정도로 아플 때
바닷가 가는 이유를 알 것 같아
멍을 씻어주고
눈물까지 받아주니

바다는 푸른색 띠고
바닷물은 짤 수밖에 없었던 거야

풀꽃 소녀

네가 옆에 앉으면
풀잎으로 머리끈 만들께
시냇물 머리 감기고
머리카락 땋을 거야

사철 꽃 엮은 꽃관 씌워주면
너는 풀꽃 소녀

이슬 영롱한 풀 반지
너의 손가락에 끼워주고
안으면 풀향기
팔베개하면 꽃향기

아름다운 것을 위해

봄날이 아름다운 건 꽃이 있어서 아니라
당신이 내 안에 봄꽃처럼 피어서입니다

밤하늘도 아름다운 건 별이 있어서 아니라
당신이란 별을 밝히기 위해
내 안은 밤이 되어서입니다

너의 섬

나의 바다에 섬 있다면
너였으면 좋겠다

배 닿을 부두를 갖추지 않아도
섬 바위 둥지 튼 바닷새 한 마리와
저녁놀 섬 그늘지고
소나무 가지 매단 남포등 불 밝히면

검푸르러 어둑한 바다에서
한 가닥 등대 빛

두어 평 해변에서 기댔던 어깨
잠깐 잠들다 깼을 때
바다를 가득 담고도 따뜻했던 눈망울

종착 섬
너였으면 좋겠다

첫사랑이란

하얀 종이에 떨어진
한 방울의 연분홍 수성 물감

붓으로 덧칠 하지 않은 채
물 퍼진 자국 그대로 말라버린

어느 별에서 있다 왔니

너는 어느 별에서 있다 왔니
저 별 갖고 싶어 손가락으로 가리킬 때
별 담던 눈동자
검스레한 얼굴에 볼우물

자전거 타고 펄럭이는 원피스 자락
희디흰 허벅지 언뜻언뜻
지나칠 때 뛰는 가슴

밀짚모자 쓰고
갈래 머리끝 나비 머리핀
메밀꽃 핀 언덕길 훨훨
페달 밟을 때 하얀 구두

노을 지고 더 하얀 밤
주름 그어진 눈매
물기 번지게 하는 너는
 어느 별에서 있다 왔니

소녀와 허수아비

걸저고리 입히고
밀짚모자 씌워 눈을 그리자
비로소 보게 되었던 소녀

풍년 되면 중학교 갈 수 있어
교복 입고 파란 운동화 신을 거야
벼 익으면 휘이휘이 참새들 쫓아주렴

논두렁 따라 파릇한 벼
손 스쳐 어여쁜 미소
귀엣말 해줄 때 누구보다 행복하였다

빈 논 덩그러니 서 있을 때도
너만 바라본 것을
네가 있어 내가 있잖아
어디에 있니

흰빛 들판 아침 햇살
눈 밑 서리부터 녹고
그어져 있는 웃음과 쓸쓸한 어깨
가슴에 채웠던 낡은 목화솜
너덜너덜 무너진다

꽃과 나비의 사랑

나비 한 마리가
꽃에 머물다 가네요

아쉬워 하지 않고
아쉬움 남기지 않는 것은

붙잡으면 서로에게
상처가 된다는 걸 알아서일까요

오색 무지개

가랑가랑 비 그치고
언덕에서 산 넘을 듯 하늘 반 원
파스텔 색 무지개

정지에서 시래깃국 밥 말아 먹던 아이
사다리 들고 가자 누이를 졸랐지

둥실몽실 구름 올라
오색 끈 엮은 동아줄 늘어뜨릴 거야
두레박 매달아 누이만 타고 와
폭신폭신 한 움큼 뜯어 먹으면
운동회날 솜사탕 맛 나겠지

산들바람 따라 떠가면
소 앞세워 쟁기질하는
할아버지에게
씨감자 광주리 인 할머니에게 손 흔들고
보리밭 푸른 들판 떠 갈 거야

누가 지우개로 지우나바
희미해진다
뛰어갈께

여행의 뜻

긴 시간을 두고 보면 아픔도 지나가는
풍경일 거야

산다는 것이 여행이라면

풋 사랑이란

수취인 불명으로 반송된 편지를
책갈피에 꽂아 두었다가
긴 시간 지나
책을 펼치다 발견하였을 때
입가에 지어지는 미소 같은 것이겠지

산골 노인

언덕길은 개망초 꽃으로 만발하였다
늘 보던 풍경인 양 지나치다
언뜻 생각나는
식장에서 산골 노인

내민 하얀 봉투에는
마을 이름과 성함
꼬깃꼬깃 만원 몇 장 들어있었다

흙에 발 닿아 살았던 삶인 듯
누렇게 색 바랜 잠바와 진흙 묻은 구두
다리지 않은 바지
훅 풍겼던 냄새
묵례하고 돌아설 때 희끗한 뒷 머리

노인은 개망초꽃 이겠다
이름 모를 풀과 피어
풀씨와 함께 날아왔다
그곳으로 돌아갔겠지

보잘것 없다고
초라하지 않고
아무렇게 보인다고 하찮는 것도 아닌
한 송이 발걸음으로

낙엽

사람들은
꿈꾸는 것을 놓아야 할 때
떠남을 안다 하던가

풀잎 스치는 소리는
풀숲 지나면 들리지 않고
물새 우는 소리 마저
강을 벗어나지 못하는데

뜨겁게 타올랐던 시기가 전부인 양
떨어질 때
떨어지지 못하고
산들바람에도 소리 내 흔들리는 가랑잎들

미련이란 때로 서러운 집념
놓을 때 얻게 될 자유
누구도 들려주지 못한 자유를

안개꽃 연가

내 안의 주인은 너라고 해도 좋다
네가 꽃이었을 때
나는 우연히라도 꽃이고 싶었다

입술을 붉게 훔쳤던 기억을
안개와 촘촘히 뭉쳐
품 안에 깃든다면

끈으로 엮인 채 바짝 말라도
여전히 네가 떠나지 않아 행복한 꽃이고 싶다

별무리 지는 사연

누군가 그랬지
별똥별은
별나라 사람들 눈물 이라고

이별을 앞두고
이별이 만연하여
이별이 아픈 것인지 모르는 땅 위 사람들

자신을 바라보며
자신을 가두는 몇몇 사람
사연을 듣고 위로해주다
밤 하늘 긴획 긋고
눈물 한방울 떨굴 시간에 없어진데

별나라 사람도
계절마다 다른 별 사람들과 이별한다지
위로 받고 싶어 반짝여도
사람들이 몰라줄 때 별무리 진데

할미꽃

양지볕 따스한 산자락에서
할아비 기다리는
허리 굽은 할머니

흰 머리 동백기름 바르고
새색시 마냥 연 푸른 치맛자락
흰 분 듬성듬성 바른
자줏색 얼굴

집에 가자 손 잡아 끌어도
곧 오신다 뿌리치고는
마냥 꽃이 되었지

꽃배

내울가 빨래하는 엄마 옆에서
꽃송이 한 아름
종이배 단장하는 아이

꽃배 띄우면 구름 업고 얼룩나비 훨훨
물 비친 그림자
한쌍 이뤄 외롭지 않을 거야

포르륵 너울 헤쳐
한 구비 넘어가면
흔드는 바알간 손

창문 달 걸려
어디쯤 갔을까 걱정 가득

졸린 눈 비비다 엄마 품에서 잠들어도
달내울 흘러 가고 있겠지

무조건적 사랑

사랑한다면 아프지 말라
고개 떨구지 말고
한번 가슴 담아둔 것으로 만족하라

간직하고프면
유리창을 앞에 두고
손끝 자국 정도만 남겨라

눈물을 흘리지 말라
눈물진 눈으로 바라보는 별은
별 무리 진다
먼지 있으면
마른 흔적마저 부옇다

사랑은 사람에 대한 힘겨운 욕심
사랑한다면 스스로 거울 보듯
바라보아라

호숫가 수선화는
물 흐릴까 이슬을 떨구지 않는다

사람마다 별을 품는다

밤 별 환할 때
밤새워 별을 바라본 적 있던가

사람은 이별하면 별이 된다 했다
눈물 흘렸던 사람은
붙박이별을 간직한다 했다

익숙했던 거리를 걸으면
생각나는 사람들
내게는 얼마나 많은 별이 빛날까

밤하늘에서 지상을 본다면
각각의 별들은
저마다 사연으로 더 반짝이겠다

그 자리에서
가물거리는 별을 찾다
수평선 닿을 듯 새 별을 품는다

별이 그리운 사람 위해

별 환한 저녁
마을 우물에 두레박 드리우면
별들로 출렁인다

누이 따라
물 항아리 별들을 채워 집에 오면
밥 짓는 연기가 매워
별 살짝 머무는 눈가

팔베개하고 옷깃 푸르즉한 진
머리카락 마른 짚풀
익숙하듯 잠들면

창 밖 언뜻 무리진 별들은
앞산 너머 띠 내울 이루고 있었다

새벽녘 대접물 마실 때
별내 인듯
짚내 인듯 언뜻 풍긴다
내 안의 은하수는 초가지붕부터 시작한다

아파도 핀다

늦겨울 머무는 나뭇가지마다
꽃씩들이 움튼다

겨우내 고독을
떨치려는 모습 각각 눈물겹다
반드시 피워야 한다는 것에
각각 뭉클하다

새벽 산빛에 기대
희부연 별빛으로 편지를 써 봤고
우체통 넣으려다
바람에 날려갔어도

빗방울은 모두에게 맺히기에
꽃 무리 되어 확 번진다

상처 없는 가지는 없다
온전한 가슴 또한 더욱 없다

억새도 꽃을 피운다

산등성 억새들은
꽃대를 한 방향으로만 향하고 있다

맹목적 가르침 아니라면
알려 주는 대로 따르라
누가 시켰을까

가녀린 풀대를 휘감던 바람은
눈물까지 빼앗아 간다는 것을
속 깊은 곳에서 울음으로 토했건만
누구도 눈치채지 못했다

뿌리를 떠나지 못하는 이유를
설명하지 않는 억새들은
노을 한 폭 뜰 즈음 꽃을 피운다
눈여겨 보지 않는 꽃을 애써 피운다

나리꽃에 붙혀

허리 굽어 지팡이 짚으셨나요
쪽진 머리 흰구름 이었군요

고갯길 호랑나비 나붓나붓 날갯짓
마냥 떠나면서
누이 향한 연심 보이지 않았나요

죄도 아닌 혼자 사랑
길목에 서서 되돌아오실까
오직 한 마음 두고
피는 계절마다 몸으로 품었지요

바라보던 눈길 기억하시지요
치맛자락 붙잡을 듯
돌아 보세요

지게에 기대 짓궂었던 머슴
뒤로 하고
물항아리 이고 가셔야지요

시골 역

하루에 한 번
열차가 서는 시골 역 있었지

산 중턱 터널에서 기적소리 들리고
역무원의 검표가 시작되자
사람들은 표를 쥐고
플랫폼으로 가기 위해
가슴마다 더 큰 구멍을 만든다

나 두고 가져가고
다시 올 것을 약속하려 흔드는 손들

초로의 역장이 흔드는 깃발에 맞춰
몇 분 동안 가쁜 숨 몰아쉬던
기차는 희부연 증기 내 뿜으며 떠난다

그리워하면서
같이 떠나지 못하고
그리워하면서
머물지 못하여 눈가마다 맺히는 물기

은행나무는
역사 앞뜰을 노랗게 떨구고 있었다

지난 사랑도 사랑이다

선물 받은 장미 꽃다발이
바짝 말랐다

뒤뜰 화단에 버려져도
며칠 동안 꽃과 향기가
그 사람의 전부가 되었다

꽃들은 잔해까지
꽃의 이름을 붙이는 것처럼
설렘과 위안을 주고
떠났던 사람들을 그리워했다면
이름 앞에 사랑을 부쳐야 한다

버린 꽃들도 향이 남아있다
바래진 사랑도 가슴으로 흘러갔다면
아직은 사랑이다

별이 된 남자

밤마다
별을 바라보는 남자
별을 가지지 못해 외로운 남자
별을 사랑하여 더 외로운 남자

눈물로 별을 가두고
별이 되고픈 남자

그 남자에게 물 내음 풍긴다
그 남자에게 별 내음인 듯 풍긴다

거듭나기

이별에 마음 아픈 사람 있다면
적당한 위로만 해줘라

양금을
가셔낼 때까지
혼자 있을 시간을 줘라

겨울나무 빈 가지도
몇 번의 눈꽃을 피웠다가
눈물 흘린 후에
새 꽃을 피워낸다

수채화로 남은 사람

물안개 피는 강변에서
그대는 들꽃을 꺾고 있었지요

보고 싶어
그림으로 남기려
색칠하다 그만 희미해졌어요

빗물 고인 팔레트에
물감을 짜 넣었던 탓인가 봐요

비 내릴 때
기억나는 그대였지만
수채화로 그리지 말아야 했어요
지우려 물 적신 헝겊으로 닦으면
캔버스에 얼룩만 남으니까요

별에 사는 사람

혼자 갖고 있던 슬픔을
속 눈물로 삼켜
별을 만들었던 사람은

그곳에 살아도
발아래 깔린 먹구름에
눈물을 떨구지 않는다지

비 내리면
젖은 추억과 물 젖어가는
땅 위의 사람에게
자신의 눈물을 더하고 싶지 않아서래

추억

책갈피에 끼워 두었던
은행잎
바짝 말라 만지기만 해도
부서지지만
남긴 자국은 지워지지 않는다

늦가을 오후 두시 정도 따뜻한 햇살
또 읽고 싶거나
다 읽은 뒤 감동까지

한번은 너에게 꽃이고 싶다

한번은 너에게 꽃이고 싶다
열흘 피다 질지언정
너의 눈길을 받는다면

너의 손에 꽃병에 꼽혀
너의 창문에서
너만 바라볼 수 있다면
시들어 쓰레기통으로 버려져도

그곳의 꽃 한 송이로 기억해준다면
한 닢씩 떼어 책갈피 끼워 놓으려
너의 뜨락에 피는 꽃이고 싶다

고독을 모르는 사람

센 바람 불 때 날린 풀씨가
먼바다 암초에서 뿌리내렸다

들꽃은
이슬을 통해 바다를 품다가
한 송이를 세상 전부로 알고 진다

혼자라서
혼자를 모른 채

나누는 사랑

들꽃을 사랑하려면
젖은 날개 말리려
아침 햇살 기다리는 나비가 되어야 한다

밤새워 별을 바라보다
이슬 맺힌 꽃잎이다
젖은 채로 앉으면 더 무거워진다

감싸 주려면 날개는 꼭 말라야 한다

사랑은
덜어내야 할 때 있다

너

바람 분다
여기까지 오면서 수많은 사람을
겪었을 바람

나를 스치면
무엇을 품고 지나칠까

처마 밑
풍경도 부딪히는 소리를 낸다
속부터 아프듯
몸으로 울기도 한다

시 한 편에 머물던 바람에
시 한 편의 고독
시 한 편의 기다림
시 한 편의 너,
너

나는 울어 본 적이 언제 였던가

풀꽃 소녀

풀밭에서
풀줄기에 풀꽃 엮은 꽃 팔찌는
여전히 꽃시계

너의 손목에 매어줄 때
손톱 낀 풀 때 창피한지 모르고
손끝은 마냥 떨렸다

꽃 팔찌 벗겨 버리자
이별의 첫 예감인 것을
부쩍 커버린 열여덟 살 너에게서
풍기던 낯선 향기

첫 외로움 품은 채
분침은 계속 돌아도
시침은 너의 앞에 멈춰 있다

바다를 담으세요

바다를 떠 가는 배들은
긴 물자국을 내지만
바다는 곧 지우고 평온을 찾습니다

바다를 닮은 사람과 사랑이
아프지 않는 것은
어떤 벽도 이해하고 넘으려는
파도를 가져서 입니다

대다수 사람은
이별하면
바닷물에 눈물을 더하면서
바다를 담는 노력은 하지 않지요

우체통

오래된 옷 안주머니에서
수첩이 나왔다. 빼곡하게 적혀있는
주소와 전화번호

우체통 앞에서
지난 이야기가
햇살에 부딪혀 부서지자
그 앞에서 마냥 서성이고 싶었다

편지지 한 묶음 사러 문구사에 갔다
구석 칸을
한참 뒤적이던 주인장 손에서 먼지가 묻어있다

그동안 화면으로
꼭 같은 글씨체로 보냈던 탓일까
낯설듯 펜의 감촉과
어지러운 필체
한 면을 채우지 못했어도
우표를 붙였다

스마트폰에서 몇 개의 숫자로 담겨있는 사람들은
사진을 찍는다
빨간 우체통은
작은 화면 속으로 들어간다
나도 편지를 부치는 옛 풍경 되고 말았다

미련

너와 나 사이 바다에
작은 섬 있지
각종 바닷새로 지저귈지
적막한 곳 될지 네가 할 탓이야

검은 연기 내 뿜으며
수평선 넘나드는 여객선을 동경하지 마
도착할 곳도 섬이야
머물기 싫다면 또 떠나야 할 섬이야

사람들 바다에서
섬은 섬일 뿐이야

카페 유리창마다 빗방울 번지잖아
해변에서 너는 비 맞으며
다른 섬을 동경하고 있어
그런 너를 나는 바라만 봐야 해

라일락꽃

새벽녘
사르르 펼쳐있던 치맛자락
거두는 봄날

꽃띠 머리 두르고 바람 품어
진보라 드레스

가로등과 달빛 섞인 꽃 이슬
톡 터질 때 꽃내음 퍼지고
그녀와 아찔한 첫키스

확 피었던 라일락꽃

민들레 씨앗처럼

풀씨는 바람을 하얗게 품는다
거리에서 숱한 인사를 나누면서
돌아서면 잊는 사람들

어떻게 피었던
어떻게 지던 들꽃이란 이름으로
이별마저 일상인 삶

아픈 소리 내더라도
지나가면 그칠 줄 아는 풍경처럼
바람의 뒤 자락을 닮아 기억마저 사치
풀씨는 다른 이별을 준비한다

회상을 수채화로 그리면

누군가를 그릴 땐
캔버스에 마주 보고 웃었던 순간을
남기세요

마지막 모습을
흐린 얼룩으로 남기면
액자의 먼지를 털어내다

바래진 색깔
희미한 이목구비에
더 애틋해질 거예요

행복했던 순간을 벽에 걸어
차 향과 어울리게 하려면
물 적신 붓으로
덧칠 하지 마세요

풀씨와 엮은 시

낙엽 질 무렵
공원 의자에 앉아 시집을 펼칠 때
詩語 하나를 가리고 앉은 풀씨

바람을 품은 삶처럼
바람과 멈춰야 했을까
털어내려다 살며시 시집을 덮었다

따스한 봄날 다시 펼쳤을 때
갇혀있던 풀씨는 날아가고
詩語에서
꽃봉오리가 자국으로 맺혀있다

겨우내 어떤 꽃을 꿈꾸었을까
나는 어떤 詩를 쓰려
같이 갇혀 있었을까

꽃지게

산 그늘 지는 보리밭 긴 두렁 길
진달래꽃 한 아름
제 키만 한 지게 짊어진 아이

버짐 핀 얼굴
입술 꽃 내 붉게 풍겨
진흙 치민 까만 고무신 털어내다
부연 먼지 뒤로 하는 버스
작은 가슴 콩닥콩닥

오늘에야 열 밤이야 손가락 세고는
어서 달려가야지

엄마 오면 꽃송이 입에 넣어 주고
팔 아플까 봐 보따리 짊어지면
흐뭇한 미소 띠겠지

지팡이 노을 걸리고
아이 부르는 아득한 누이 목소리
지게 꽃 시들도록 긴 기다림

갈대 사랑

사랑해도 되나요
허락받고 싶었을 때
손가락으로 쉿 하셨지요
그런 것은 허락받는 것 아니라고
미소로 살짝 가리셨지요

헤어져도 되나요
허락받고 싶었을 때 같은 대답 하며
적신 눈빛으로 살짝 가리셨지요

이별만은 허락받고 싶어도
당신이 아니 된다 대답하면 투정부리며
있고 싶었어도
끝내 당신의 무응답

사랑한다면 모든 것을 이해하려
노력해야 한다지만
떠나지 못하는 갈대여서
더 슬프게 하던 당신

너의 그림자

산 노을 지고
너의 그리움이 밀물 되어 밀려오면
호수를 만든다

조약돌을 던지자
번지는 물 너울이 창가를 두드려도
창문을 열어줄 듯
그때의 조각상으로 남아 있는 너

별 하나 반짝이다 잠기고
호숫물은 그만큼
눈물되어 넘치자

호수보다 더 커지는 너의 그림자

서리꽃 부서지지 않게 하소서

당신 향한 꽃 지지말라
신발 꽃 누벼 드렸는데
부디 서리 내린 들판을 걷지 말아요

막 핀 서리꽃 밟고 가다
햇살에 녹은 이슬
꽃 물자국 들면 어떡하나요

마르면 그만이라고 하셔도
남긴 발자국
바라안다 흘린 눈물처럼 보이기 싫어

꽃신 신고 걸으셔도
내 안에서 부서지는 소리만은
내지 마세요

별이 반짝이는 이유

별은 언제까지나 반짝인다
밤새도록
눈물 젖은 손수건으로 닦는
누군가 있기 때문이다

다른 누군가는 바라보고
또 다른 누군가는 담고
떼어내려던 누군가는
자국이 싫어 다시 박아버린다

고통은 결코 익숙할 수 없듯
별도 결코 가질 수 없는 것

눈시울 뜨거울 때마다
누군가의
별은 반짝일 뿐이다

가슴을 지녔다는 것

그리워 한다는 것은
가슴을 지녔다는 것

외로워지는 것도
가슴을 지녔다는 것

공허에 빠지는 것도
불타듯 뜨거워지는 것도
호수를 채워 출렁거리는 것도
가슴을 지녔다는 것

당신을 사랑하는 가슴을 지녔다는 것

꽃댕기

산 꽃 지던 자락 옹달샘
동동 떠다니면
물 항아리 채운다

바람 나부껴 꽃길 만들자
머리이고
머리카락 물 젖어 꽃 이파리 달고
꽃 댕기

추수 끝나면 짝 지워야지
할아버지 말씀
나비처럼 날듯 날듯

갈색 얼굴 수줍은 미소
산골 소녀

도라지꽃

산 중턱 암자 외따로 옹달샘
목축인 고라니 한 마리
어여쁘듯 바라보는 도라지꽃

보랏빛 흰빛 적삼 어울려
하늘하늘 긴치마

돌아서자 목탁 같은 봉오리
소리 내 터트리고
바람에 흔들려 옅은 분내

꽃 초롱 들고 길목을 바라서다
얼굴에 드리워가는 산 그림자
스물 남짓 처녀처럼

별들의 이별

별들도 이별한다
별들도 아파한다
별들이 반짝이는 것도 어두워서만 아니라
자신의 아픔을 사람들에게 위로받고
싶었을 것이다

별들은 아무도 몰라줄 때
땅 위의 사람들을 바라보며 스스로 별 무리 진다
어스름한 새벽빛
풀잎 이슬은 별들이 흘렸을 눈물

그마저 아침 햇살에 한 번 더 반짝이고
자국마저 없어진다

이별하지 않는 것은 없다
작별인사 없는 이별도 있다
아름다운 이별은 분명히 있다

그해 여름

오후 소나기 그칠 즈음
나팔꽃마다 물방울 맺히고
밀짚모자 쓴 채
머리카락 어깨 위 드리웠던 소녀

투명한 우산 접고
느티나무 연두색 그늘 속으로
뒤이은 그림자를 끌고 옆에 앉는다

언뜻 드러난 허벅지와
베어 물면 오이의 향 인양
비 내음과 어우러지는 체취

옷 비친 브래지어 끈을
의식한 듯
길고 조그마한 손은 물기를 털어내며
화폭에 진한 물감으로 칠하는 구름마냥
희고도 흰 미소
푸르른 그해 여름

남도에 사는 소녀에게

유리 프리즘 통한 오색빛깔
신기해하던 소녀에게
편지를 쓰고 싶어요

겹겹이 접었던 시간을 펼친다면
하늘을 떠받치던
들국화들이 그림자 없이
한풀씩 질 때
핏기없는 얼굴에 까뭇한 보조개
유난히 컸던 눈동자

사철 푸르러
해지 그치면 무지개 뜨는 남도를
동경하며
새털구름 몸 싣고 싶어 했지요

초가집 지붕 무지개 떠
남쪽 산 너머 걸치면
산비둘기가 전해줄 수 있을까요

보내는 이름 없어도
오색 연필로 보고프다 고백하였기에
한때 사연을 기억하겠지요

너와의 추억

타는 것은 재가 남는다지
너로 인해 내 안을 태워도
재가 남을까

남기지 않으려
남지 않으려
불꽃을 품어 가벼워졌다 했는데

너가 남긴 재는
센바람 불어도 날려가지 않는다

너와의 행복

구름이
가끔 그림자 만들고 지나간다

뭉게구름 있어 하늘이
더 푸르게 보이는 것처럼

내 안을 떠다니는
아픔 있어
너를 만난 행복이 더 소중하다

중년의 동심

노을을 재근재근 이겨
손톱에 얹고
조각구름 뜯어 싸 매고
몰래 골방에서 누에고치
실 뽑아 동동 묶고

물들길 기다리는 중년의 동심

그대 오셔야 해요

기차는 긴 기적 울리며 다가왔지요
떨리는 포옹
입맞춤과 분 내음

쓸려가는 파도에 더 우는 몽돌처럼
이별과 염두에 둔 만남
그 약속은

시집에 끼워놓은 나뭇잎
지우개로 지워도 남는 연필 자국일 거예요

기찻길은 점차 녹슬고
자갈 틈 잡초가 무성하기 전에
서두르면 안 될까요
오시는 길 가리잖아요

기차 마지막 칸을
잔상으로 남기다
손끝에 남은 따뜻한 느낌마저 잊으면
제게 오시면 안 될까요

기적 소리 아니라도
나비 스치는 날갯짓마저 반가울 거예요

바람이라는 당신

당신은
바람으로 오시나 봐요

머물려 하시다
머물지 못하면서

시냇물 스쳐 물 맺힌 손끝
잎새 흔들려
귓가에서
부드러운 속삭임

안에서도 맴돌기만 하다
결국 가야 하는 당신
바람 같은 당신

풀잎 짙은 소녀

완행버스가 마을 앞을 지나간다
뒤따르던 먼지는 가라앉고
손수건으로 땀 훔치던 소녀

농수로 만발한 나리꽃 손 스쳐
꽃내음 향긋하듯
이 하얗게 드러내며 웃는다

연못의 수련은 풍경소리 맞춰
흔들리고
도라지꽃 몽우리 퐁퐁 터트리다
노을 드리운 들녘을 걸어갈 때

논두렁 질러 앞서
까만 고무신 창피하여 고개 숙인 아이

그대가 옆에 있어도
그리움의 글을 쓰는 것은
그대를 통해
풀잎 짙은 소녀가 다가온 탓이다

풀피리 소리

풀밭에 누워
뭉게구름에다 나리꽃 그리면

해 질 녘
풀꽃 꼽은 밀짚모자 동실동실
소 앞세운 여자아이

풀 자국 난 셔츠 자락으로
땀 닦고
워낭소리 맞춰
풀잎 불어 푸르푸릇 푸르릇

발 끝자락에서
산 그림자 몸 감춰
풀진 묻은 입술에 입 맞추면
끊어질 듯 풀피리 소리

입가에 맴도는 풀 비린 맛

시간에서 오는 여인

그녀가 기차역 출입구에서 걸어 나온다
물리학자가 그랬지
거리와 시간은 비례한다고
떨어져 있는 만큼 과거라고

꽃밭에서
돌 틈 비집고 핀 들꽃을 뽑으려다
푸르듯 한 입술과
창백한 얼굴
낯익은 눈매

긴 시간을 깨었던 여인은
스스로 들꽃이 되어 악수를 청했다

과거에 기대 있던 가슴은
한 뼘의 지척에서
아메리카노 커피 향으로 채워지고

머묾속에 다른 머묾
고독 속에 다른 고독으로 찾아와도
갈색 길을 비추다 소금기 남았던 눈 밑
다시 번지는 물기

긴 기적소리 품은 기차는 다가오고
그녀는 시간을 연장하기 위해
왔던 길 돌아가고 있었다

회상 이란

비 내릴 때
빗방울들이 속으로 흘러 고여
물웅덩이 만들고
무심코 떨구는 몇 방울의 수성 물감

붓 적셔 그리면
색 들어가듯 아니듯
완성되는 무채색 그림 한 점

별 내리는 밤

별 비 내리는 이른 밤
헝클어진 머릿결 수건 두르던 할머니
치마에 묻은 별들을 툭툭 털어내고
늦은 저녁 하신다

화롯불에서 찌개 끓고
아랫목 묻어 둔 밥공기

멀리 버스가 서고
까만 교복의 손자가 보이자
미소가 주름진 눈가에 맺힌다

봉오리 오므린 나팔꽃마다
밤이슬 맺히고
티끌 같은 몽오리 틔우던
국화들도 잔별 덮은 채 잠든다

사람들은 마중별을 품고
잠 청한다

너의 의미

내게 섬이 있다면
너였으면 좋겠어

바다와 파도를 아는 사람들 틈에서

왜 바다를 두어야 하고
왜 파도가 쳐야 하는지
너는 알아줄 것 같아서

별 새

물새는
시냇물 떠도는 별들을 쪼아 먹고
별 새가 된다

돌 틈에 둥지 만들고
자그마한 알을 낳아
밤새 품다 날아간다

이른 해
물결 부딪히자
껍데기를 깨고 나오는 아기별
동동 떠다녀 물비늘 먹고 부쩍 커버린다

어둠이 깔리자
새는 별을 물고
밤하늘 향해 날아간다

바라보면 떠도는 별들
새가 또 깃든다
별빛으로 물으며 별새가 될 준비 한다

구절초

희다 희어
네가 지천이니
노을 볕까지 희다

깊은 가을도 물들지 못한 채 떠나려는데
가슴으로
자분자분 걸어와
또 피면
나는 언제 물들려 지겠니

해진 옷깃마저 날리다
물안개 걷혀 더 흴 것이니

언덕길
희무리
희무리
참 차가운 이별

기억 되길 바라는 마음

눈 위에 쓰는 편지
금방 녹을지라도
과거의 한 공간에 부쳐
누군가가 받는다면

맞잡은 손 내려앉은 눈
한점의 차운 물기
그대이길

눈꽃

이른 첫눈
뜨락에서 아직 지지 않은 장미꽃

애착이라 하던가
향 탐내던 흰나비 이미 날개 접었고
누렇게 뜨는 풀밭에서
말려가는 꽃 떨구지 않은 채
걸음을 누구보다 무겁게 옮기다
부르는 눈송이 따라
흔들리던 봉오리

눈 그친 자리에는 달빛이 쌓인다
검붉은 이파리 언뜻언뜻
하얀 꽃으로 다시 피어난다

이른 아침
발자국 없이 어디로 갔을까
빈 꽃대 햇살 머금고 흘러내리는 이슬들

꽃 같은 당신

꽃밭을 가꾸는 마음을 아나요
꽃을 바구니에 담는 마음도 알겠네요

당신 마음을 훔쳐
머리맡에 두고
잠드는 내내 품을 느끼고 싶다는 바램

당신은 나쁜 짓 하게 만드셨네요
욕심까지 아프게 하자나요

꽃 같은 당신

겨울 약속

첫눈 내릴 때 만나자 하셨지요
먹구름만 끼어도 전화벨 울릴까

눈 흩뿌려 바람에 날릴 때
따스한 햇볕에 금방 녹을 때
안타까웠지요

계시는 겨울에는
눈이 내리지 않았나 봐요
따뜻하여 눈을 잊었던가요
성에라도 끼면
눈이다 우기고 오시리라 믿은 것을

제가 바라보는 하늘에선
여러 번의 첫눈이 내렸네요

약속하신 첫눈만은 녹을까
내 안에 쌓인 채로 두고 있지요
눈 밟는 소리 나면 귀 기울이던
그해 겨울과 함께

미련

날아간 새장의 새는
돌아올까 봐 문을 닫지 않는다 하지요

떠나간 그 사람만은
너무 미워
가슴을 닫으려 했었는데

그리움이 뭉게구름 마냥
부풀어
닫히지 않네요

토끼풀꽃 피면

토끼풀 꽃 피면
꽃관 엮어 머리 씌우고
꽃띠 손목 묶으려다
벗겨지자 어색했던 웃음

무안해 물 제비 뜨는 양
개울에 조약돌 던지자
노을볕 윤슬 큰 눈 가득 비치고
탄성을 지른다

허벅지 안쪽 살짝 비쳐
꽃불 화르르 붙어 탄 내처럼
체취 물씬물씬 풍기자
아니 본 척 앞장서 걷던 오월의 강둑

그 아이에게 멈춰있는 열여섯 가슴

구속

당신을 내 안에 가두려다
내가 당신에게 갇히고 말았어요

창살 사이로 바라보는 하늘
날아가는 새 부럽지 않아요
품고 있는 둥지
더는 따뜻할 수 없거든요
날갯짓하지 않아요
퍼덕이다 상처 줄까 걱정부터 앞서거든요

문을 열어도 나가지 않는 것도
행복하기 때문이지요
당신을 내 안에 가두려다 갇혔어요
갇혀도
갇힌 곳에서 자유만으로 충분하답니다

봄 밤에 쓰는 편지

당신에게 편지를 쓸게요
젊은 날의 가슴에 피워
창문 밖 꽃들이 하양하양 떨어질 때 받겠지요

꽃송이 꺾어 가린 단어
읽으려 떼지 마세요

꽃물 들려 지워진들 뜻은 알겠지만
사랑한다
그리워한다
어찌 밝힐 수 있을까요

답장 없어도 서운하지 않아요
발신자 주소를
달빛 비치는 잉크로 쓸 거니까요

당신에게 띄울게요
밤 하얗게 새워 쓴 편지를

회상의 조건

떠난 사람
문득 생각나는 것은
기억하기 때문이다

머리 아닌
가슴으로 간직했다면
회상할 때
새벽녘 기적 소리 같은 슬픔을 느낀다

오직 한 사람만 사랑하였다면
굵은 주름 그어진 눈꼬리에
가끔 눈물 맺힌다

꺾지 마세요

가지마다 가시 품은
장미꽃을 꺾지 마세요

자신을 보호하려는 본능 아니라
피어나기 위해
그토록 아팠다는 것을
알려 주는 거예요

길

남해 이름 모를 섬은
하루에 두 번 바닷물이 갈라져
육지를 만난데

너와 나 사이에 놓인 바다는
일생에 한 번이라도
길을 드러내 주면 안될까

진달래

봄눈은 금방 녹는다 했나요
잘 있어라
손 한번 잡으셔도
그리워도 그립다 하지 않겠지요

주무신 듯
다시 못 볼 얼굴 삼베 감싸고
구슬픈 노랫소리 뒤로 모셔야 했던 길
유난히 붉었던 진달래꽃 무리

어두운 밤
더듬어 강을 건너야 할 때
강너머에서 한복 고운 모습으로
초롱불 들고 기다려줘요

주름진 두 손 잡고
마지막 인사 못 해 서러웠다
눈물짓겠지요

산길 다시 걸으면
아직도 내리는 봄눈
여전히 피어있는 당신의 초상화

낙엽 인사

아침 일찍 마당 한쪽에서
낙엽을 모아 태웠다

불꽃을 일으키며
한줄기 연기되어 하늘 향해 퍼진다

미지의 계절 끝에 접어들 때
내 안을 태우면
지난 사연들은 한 줌 재가 되기 전에
타닥타닥 이야기를 걸겠지

나는
바람의 숨결에 의지한 채
어떤 대답을 할까

백일홍 필 무렵

골목길에서
누구 누구를 좋아한대요
아이들이 놀리자
담 밑에서 울던 순이

백일홍은
빨간 볼 가려주려 키 재기 하듯 피었다

움트는 새 꽃 향해
작별인사 하는데도
백일동안 핀다 믿는 것은

확 지는 낙화의 틈에서
좋아하며 썼던 낙서가
웃음 같은 눈물과 맺힌 채
아직 지워지지 않아서겠지

여행

먼바다 여객선 탄 적 있었다
육지가 보이지 않을 즈음
친구가 여기까지
몇 번의 수평선을 거쳤는지 셈 해보았냐고 한다

뱃머리에서 바라보면
항상 거리를 두고 있었는데
어떻게 알았는가 궁금해하자

별자리가 북쪽 바다 향해
한 뼘씩 가라앉을 때 하나씩 넘지 않았을까
나름의 이론을 들려줄 때
둥근 세상에서 이해될 듯 하였다

돌아보면 밤은
새로운 별들이 하늘을 채울 때
익숙한 별자리 만들 시간 충분히 준다 한다

해로를 벗어날 듯
벗어나지 못하는 배와
끝을 이해해도 끝 아니듯 타고 있는 사람들을 위해

지나치는 섬마다
등대지기는
숫자마다 빗금 치고 보여주고 있었다

별의 소리

날 때부터 듣지 못하는 사람에게
소리의 의미를 깨닫는 순간
모든 사물에 소리가 깃들었다
믿겠지요

평범한 사람에게 당연한
소리의 소통방식이
그녀에게 미지의 세상이니까요

어떤 소리가 가장 아름답다 생각하는가
써 보여주니 부정확한 발음으로
"별이 내는 소리 아닌가요" 하더군요.
의외의 대답이라 궁금하였지요

밤마다 별들이 깜박 거린데요
유심히 바라보면 움직임도 심해지고요
별들은 말을 건네는데
자신은 듣지 못하는 것으로 믿고 있었어요

이슬 같은 그녀의 눈망울에
그림자 지는 걸 원치 않아
잘 자라 인사하는 거야 답했습니다

소망대로 별이 내는 소리 있다면
가슴 찌르듯 아름답겠지요
드러날 거짓말에 밤새 망설이다
새벽녘 문자를 보냈습니다

어떤 누구도 별의 이야기 듣지 못해
별들도 대화 나누겠지
네가 아는 소리가 아니라
서로의 빛으로 의사소통 하는 것 같아
사람들은 대화를 바라보기만 하는 거야

네가 좋다

나를 보면 고개 숙이던 네가 좋다
손잡으면 뺄 듯 가만히 잡혀있고
한 발자국 뒤에서
묻는 말만 대답할 때 약간의 떨림이 좋다

긴 머릿결 산들바람 날려
어깨를 스칠 때 잔잔한 향의 네가
댐 공원 긴 의자에 누우면
무릎베개 해주던 네가

거칠었던 막국수까지
추억으로 만들어 흘러가는 시간에
얹혀놓고
그리웠다 고백하는 네가 좋다

지난 아픔을 들려주면서
담담하려 했던 네가

가로등 불빛에서
사랑을 약속하면 미소로 화답하며

눈매에 물기가 살짝 배였던 네가 좋다

풀 자국난 셔츠 시냇물에 빨고는
풀숲에 숨어 망을 봐달라던 여자아이가
너의 눈동자에서 한 번 더
반짝인 것 같아 좋다

별 바라기 되었던 이유

그녀가 사는 별나라에는 장미꽃만 있는 것 같다
머릿결의 샴푸 향과
화장품
포옹할 때 옷에서 풍기는 향수까지 장미 향만 풍겼다

그녀를 만날 때마다
뭇 장미의 사랑을 받는
고고한 장미가 연상되었다
몇 번의 만남으로 그녀와 정이 들었다

그녀가 별로 돌아간다 할 때
서운하여 나도 모르게 눈물 흘렸다
그녀는
촉촉하고 투명한 눈물의 느낌을
의아해했다

그때 깨달았다
그녀의 별나라에서 장미꽃만 피었던 이유를
장미 향만 풍겼던 이유를

사랑하고
덜 사랑하고
감정의 격차만 존재하는
그녀의 별나라 사람들은
슬픔을 몰라 눈물을 흘리지 않았다

수많은 사람의
수많은 그리움으로
수만 가지 눈물 흘리는
나의 별을 이해하지 못한 채
밤하늘 가로질러 자신의 별로 가고 있다

사랑만 받고 살아왔을 그녀가
장미 향에 눈물만 희석되어도
다른 향 된다는 것을 깨달아
다시 올 때까지
그녀를 향한 별 바라기 되었다

아프게
지나간 것들은
다 그리워진다

이기영 제 2시집

초판 1쇄 : 2017년 7월 21일

지 은 이 : 이기영

펴 낸 이 : 김락호

디자인 편집 : 이은희

기 획 : 시사랑음악사랑

인 쇄 : 청룡

연 락 처 : 1899-1341

홈페이지 주소 : www.poemmusic.net

E-Mail : poemarts@hanmail.net

정가 : 10,000원

ISBN : 979-11-86373-78-1